À la famille et aux amis des jeunes lecteurs :

L'apprentissage de la lecture est une étape cruciale dans la vie de votre enfant. Apprendre à lire est difficile, mais la série *Je peux lire!* est conçue pour rendre cette étape plus facile.

Tout comme l'apprentissage d'un sport ou d'un instrument de musique, la lecture requiert d'exercer souvent ses capacités. Mais pour soutenir l'intérêt et la motivation de l'enfant, il faut le faire participer au sport ou lui faire découvrir l'expérience de la « vraie » musique. La série *Je peux lire!* est conçue de manière à fournir le niveau de lecture approprié et propose des histoires intéressantes qui rendent la lecture stimulante.

Quelques conseils :

- La lecture commence avec l'alphabet et, au tout début, vous devriez aider votre enfant à reconnaître les sons des lettres dans les mots et les sons que font les mots. Avec les lecteurs plus expérimentés, mettez l'accent sur la manière dont les mots sont épelés. Faites-en un jeu!

- Ne vous arrêtez pas au livre. Parlez avec l'enfant de l'histoire, comparez-la à d'autres histoires et demandez-lui pourquoi elle lui a plu.

- Vérifiez si votre enfant a bien compris l'histoire. Demandez-lui de la raconter ou posez-lui des questions sur l'histoire.

C'est aussi l'âge où l'enfant apprend à monter à bicyclette. Au début, pour faciliter les choses, vous posez des roues stabilisatrices et vous tenez la selle pour le guider. De même, la série *Je peux lire!* peut être utilisée comme outil pour vous aider à guider votre enfant et à en faire un lecteur compétent.

Francie Alexander,
spécialist

ns
ic

D1417288

Catalogage avant publication de
Bibliothèque et Archives Canada

Wilhelm, Hans, 1945-
J'aime la pluie! / Hans Wilhelm ;
texte français des Éditions Scholastic.

(Je peux lire!)
Traduction de: I love Rainy Days!
Pour les 3-6 ans.

ISBN 978-1-4431-0992-5

I. Titre. II. Collection: Je peux lire!

PZ23.W538Jad 2011   j813'.54   C2010-908025-4

Édition publiée par les Éditions Scholastic,
604, rue King Ouest, Toronto (Ontario) M5V 1E1.

5 4 3 2 1   Imprimé au Canada   119   11 12 13 14 15

MIXTE
Papier issu de
sources responsables
FSC
www.fsc.org   FSC® C103113

J'aime la pluie!

Hans Wilhelm

Je peux lire! – Niveau 1

Éditions
SCHOLASTIC

Je déteste la pluie.
Je veux jouer dehors.

Je m'ennuie…

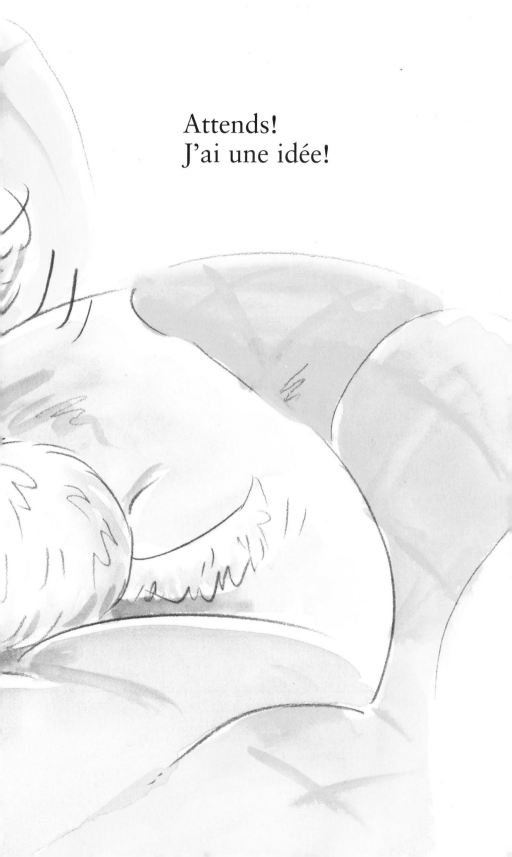

Attends!
J'ai une idée!

Je peux jouer à chat perché!

Je peux faire des glissades.

Je peux goûter aux biscuits.

Je peux jouer avec le ballon.

Je peux cacher
mon os.

Je peux décorer le tapis.

Je peux aider à vider la poubelle.

Je peux faire faire de
l'exercice à mon ourson.

Je peux jouer avec le rouleau de papier.

Je suis fatigué.
Quelle journée!

J'ai besoin d'une sieste.

J'aime la pluie!